탕탕

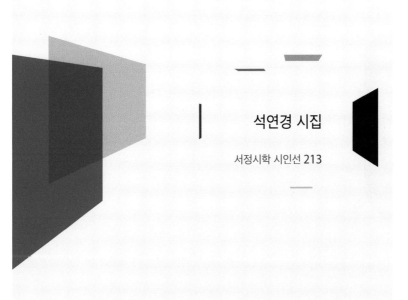

석연경 시집

서정시학 시인선 213

서정시학

성스럽게 일렁이는
봄물 오른 숲

둥글고 따스해
눈부신 어둠
쏟아져 내리는 별빛

빛의 산란
우주의 현현玄絃

—「우주의 현」에서

서정시학 시인선 213

탕탕

석연경 시집

서정시학

시인의 말

사랑을 읊조리는 동안

오로라가 빛나고

은하수가 흐르고

꽃이 피고

눈이 내렸다

사랑 안에

봄 여름 가을 겨울이 있고

시詩 안에

사랑이 있었다

2023년 12월 연경인문문화예술연구소에서

석연경

차 례

2부

3부

4부

1부

지나칠 수 없는

고대의 미로
어쩌다 여기로 우리는 이르러
고이게 되었을까

회벽에 그려진 기원이 벗겨져 있다
풍경의 형체는 뭉그러지거나
지워져 버리고
색바랜 푸른 옷 한 자락
오른쪽 눈 하나
입이 지워지고 없는 신이
손바닥을 세우고 있다

방에서 방으로 옮겨다니며 언젠가 나타나리라 믿는 출구를 기다리는 사람들 발 디딜 바닥이 사라진 방에는 군데군데 깨진 유적이 둥둥 떠다닌다 결혼식장에는 불 꺼진 지 천 년은 되었을 법한 커다란 얼음 아궁이가 희멀건 얼굴로 눈을 감고 있다

빠져나가기 위해 사람들이 필사적으로 깨진 도자기와 녹슨 동전 위를 건넌다 번개 치는 이명으로 누군가 시간을 재촉한다 시계의 방은 크고 작은 침과 바퀴가 뒤엉켜 있고 무덤 목울대는 고요하다

입구를 향해 사라지기 위해 피는 말라가고 시계 소리는 천둥 같다 생명의 즙이 급속도로 빠져나갈 때도 지나칠 수 없는 것 열매를 매단 흐릿한 나무는 묵시록을 쓰던 붓처럼 단단한 침묵으로 서 있고 오래된 성은 아직 무너지지 않았다 여자는 나무의 즙을 마시고 혈관 올올이 성전이 된다

　붉은 종소리가 미로에 갇혀 뛰어다니는 사람들 머리 위로 쏟아진다 지하 무덤 뚜껑을 열면 삶은 그냥 사는 것 성스러움 위에 덧옷을 입은 오래된 문이 있었으나

　모든 풍경은 스쳐 지나가는 것
　소멸해가는 지금 여기
　깨진 거울과 어스름의 유물을 배낭에 지고
　미로의 벽으로 스며 빠져나간
　발명된 유적이 있다

황토 절벽에서 너를 만나다

바다에서 막 나온 너는
화살 같은 눈빛
깡마른 조각처럼 서 있다

한때 바다였으나
이제 바다는 뒤돌아 바라보는 것
목이 말라
해변에는 결핍의 뼛가루가 펼쳐져 있다
적막이 막막하게 타오른다
물기가 말라가고 있다

어디로 가지
태양의 그늘은 수억만 가지
서쪽으로 고개를 꺾으면
낯설고도 낯익은 너
미지라는 기시감

어느 절벽에 이르러 황토 인간이 되었다 몸에서 뿜어져 나
오는 염료가 홀로 우뚝 서서 들판을 바라보던 절벽을 붉게
물들인다 이제 다시 젖어도 좋아 부드러운 열락의 빛깔 그
안에 안겨 대지가 되었던 것인데

등고선이 지워진 황톳빛 담벼락에 서서
오늘 너는 나를 바라보고 있다
낡고 엷은 파란 대문은 바다의 얼룩무늬

황토 절벽 위를 걸으면서 맞은편 나무 몇 그루와 풀 횟푸른 구름 간혹 드러나는 푸른 하늘을 보았으나 너는 해발 고도 일억오천만 미터 황토 절벽을 걷다가 사라진 것인데

황토벽에 기대어 비로소 알았다 나는 네 절벽이었음을 너는 황토 절벽 안으로 사라진 것인데

바다는 떠나온 것이 아니다
바다 스민 푸른 문과 창을 덧댄 황토 흙집에서
너는 모든 색을 품은 무채색으로 섰다
아무것도 아닌 첫 흰빛이거나
모든 것이 된 검은빛이거나
그 사이를 서성이며 횟빛이 되기도 한 것인데

황토집에 깃들면
절벽에서 바다까지 둥근 곡선 무지개가 뜬다
황토 절벽이 바다를 마신다

하늘이 온다
황금 옷 펄럭이며 푸른 깃발을 들고

황금 고래

기억은 잉어다
망망대해에 잉어 떼가 헤엄친다

뭉게구름이 피어오르네 날고자 하는 물의 꿈이 까마득한 허공을 오르고 올라 둥실둥실 부풀어 하얀 옥빛 집을 짓는다 바람이 투명한 깃털로 허공의 옷깃을 스치며 온다 하늘로 스미는 구름과 지상으로 헤엄쳐 내려오는 물방울 사이에 세계의 꿈이 피어난다 다시 돌아온다는 것은 흩어지는 것 스미거나 사라지는 것 지나간다 너도 지나간다 꿈은 또 다른 꿈을 낳고

흙이 받던 빗방울의 기억 멀고도 높은 곳에서 온 것은 가깝고 낮은 곳에서 출발한 것 비에 흠뻑 젖으며 씨앗이 태동을 시작한다 햇살이라는 뜨거운 잉어 땅속 깊이 뿌리를 내리고 싹을 틔우는 씨앗은 꽃상여의 기억이 있다 줄기를 뻗어 허공으로 헤엄치던 잉어는 때로 거름의 깊이를 꺼내 햇살에 말리고 꽃잎을 연다

눈부신 은빛 윤슬 위로 황금고래 한 마리가 솟아오른다 온몸에 은빛 가루 수천 톤을 묻히고 부력 없는 공중에서 잠시 금은빛 고래가 된다 전설의 고래가 된다

바닷속으로 침잠 이때 유영은 기억의 부피보다 깊이다 빛
이 가득한 수면 위 일렁거림을 보다가 고래는 수면 아래로
당기는 힘과 떠오르려는 무심 사이에서 자유롭다 내려가는
것은 나는 것 빛이 없는 곳에서 어둠의 근원인 빛을 몸에 잔
뜩 묻힌 빛의 흔적을 뿌린다

어둠의 잉여는 빛이고
빛의 잉여는 어둠이다
나머지는 스미고 머무름

해저 오랜 적막을 입으로 끌며 솟구쳐 올라
빛의 오래된 전설인 어둠을 흩뿌린다
어둠이 툭툭 터져 빛이 된다
잉여의 머리에서 불꽃이 튀고
허공의 심장에서 황금고래 축제가 열린다

손

풍경마다 뭉툭한 손이 있다 싹이 겨우 올라와 꿈틀거리는 언덕배기 보리밭에도 있고 퍼런 힘줄이 산맥 같은 유적지의 손등 어둑함과 캄캄함 빛과 그림자 새벽과 아침의 경계에도 손바닥 여러 개가 있다

손이 움직이는 오후 2시 여기는 고비사막 선인장의 심장에서 쿵쿵 천둥소리가 난다 휩쓸려 다니던 모래가 가시를 스친다 손이 태양의 손목을 잡자 번개가 친다 커다란 손바닥이 들어 있는 물방울이 후두둑 내린다

밤새 물길이 생긴 대지모 손바닥에 물고기가 튄다
바다에 가닿은 강물의 윤슬이 손을 흔든다

적막의 까마귀 떼가 난다 앙상한 손에서 죽은 살이 일어난다 들판에 마른풀이 날린다 댕강 떨어진 꽃이 있다 딱 부러진 마른 가지가 있다 당신이 삼키는 것은 묵도하는 것은 타인의 고통

각진 얼굴이 떠다닌다 사각형이 사각형을 삼키고 마름모를 낳는다 오각형이 정육면체를 낳고 각진 거울이 각진 거울을 낳아 무한 증식되는 각각의 각 큉음과 폭음 쏟아져나온 미아의 행진

가면을 쓴 얼굴을 두드린다
손이 각을 쓰다듬으며 둥글린다
무지개 한 움큼 쥔 얼굴이 걷는다
베어진 나무와 겨울나무에 움이 튼다

눈보라 속에서 갈퀴를 휘날리며 달려오는
커다란 은빛 손
히말라야 설산을 배경으로 지나가는
지팡이가 손을 흔든다

둥근 손톱에 연분홍 장미가 핀다
물길의 방향이 둥글게 대지를 감싸고 돌 때
손가락이 길다
여윈 네 얼굴을 쓰다듬는

고통의 벙커

그 지 없 다

거대하고 적막한 바위산 나무 한 그루 없고 풀씨 하나 날아오지 않는 바위뿐인 산 텅텅 빈 동굴 여섯 개 입구마다 눈 뜨기를 두려워하는 네가 있다

지구 곳곳은 오늘도 성금요일 푸른 꽃이 적막의 언저리에서 핀다 소리 없는 죽음이 문을 두드리는 소리 치렁치렁 금빛 옷을 입은 사제四諦가 시한부 마지막 밤인 듯 사람들을 호명하며 기도를 중얼거린다

유리 향로에서 숨 막힐 듯 향기로운 연기가
재를 남긴 채 사라진다
길 아닌 길 없는 허공에
지상에서 가장 가벼운 몸짓으로
스스로 소멸의 길 만들며
어렴풋 사라져 가지만

보이지 않는 어딘가에서
보이지 않게 여기에서
살아간다

눈이 큰 여자가 일어난다 머리카락에 묻은 흙으로 성전 하나 짓고 손가락 사이로 강물을 흘려보낸다 모유를 바위산에 물리자 어둠 속에서 빛이 터진다 빛의 심장에서 찬란이라는 꽃이 핀다

빛의 벙커 안에 수많은 양식의 집이 세워진다 지상에 존재하지 않는 집 불타버린 집과 파괴된 집 녹아버린 집과 쇠락해서 무너진 집이 일어나 앉는다

사랑한다 사랑한다
밤새워 읊조리며
기도하던 동굴 속 밤
한 번도 손잡아본 적 없는
세계의 눈 못 뜨는 당신에게

고통의 순간 속에 빛의 순간이 있음을
고통이 빛이었음을

구름의 자서전

녹음이 짙다

발바닥에 바다가 출렁인다

붉은 숲 지나
세계에서 가장 큰 나무 정수리에서
벌거벗고 있을 때조차
은일을 꿈꾼다

흩어지고 사라지는 활법에도
정신을 묶는
한 다발 강철이 있다

태풍의 거친 숨결도
눈부시게 하얀 솜뭉치로 만든 것

파리한 입술
입천장에 노을이 번진다

빗소리로 뿌리를 적시고
함박눈으로 빈 산을 덮으면

하늘은 짙푸르고
은하수 출렁인다

동트기 전 참나무 숲에 들다

숱하게 설레는 밤
은하수 별이 내려와
풀잎 가득 이슬로 맺히고

그대에게 가는
어스름 새벽 숲의 입구는
안개 자욱하여라

새벽 숲에 들면
우주 숨결 품고 있는 이슬에
하얀 드레스가 젖고
영롱한 마음도 촉촉이 젖누나

파랑새는 맑게 지저귀고
숲의 정령이 어둑새벽을
뽀얗게 밝히며 미소 짓는다

저 숲속 어딘가에서
애틋하게 나를 기다리며
새벽 숲의 창을 열
그대가 있다

커다란 참나무에 초록 열매 익어갈 때
나는 저절로 닳으리

그대 성전에 깃들어
당신과 한가로이 거닐면*
창밖에는 후드득
참나무 열매 떨어지는 소리
숲 가득 들려오리

---

*장자.

이렇게 해서 꿈에서 꿈으로 닿았다

원이 슬픔의 호수에 잠겨 있다
폭설이 고독 위에 쌓인다
건조한 바다가 출렁인다
궁전은 미아의 늙은 꿈
벌거벗은 구름이 시공을 가로질러
대륙에서 대륙으로
바다에서 바다로
아무렇게나 날린다
상상의 깨진 거울이
사막까지 흐르고 적시는
눈물의 이력
깊은 음성으로 눈발 날리는 허공에
노래의 날개를 펼친다면
침묵하는 저녁이 토해낸 저녁의 혈흔
가을이 어떻게 왔다가
겨울이 어떻게 오느냐

운명을 조롱하는 바람은
은빛 눈사람을 데려간다
광대가 줄이 없는 공중에서
눈발을 타고 죽음의 곡예를 한다
그로테스크한 검은 눈송이가

비극적 폭설에 휩싸여
얼어서 흐르지 않은 협곡 사이로
진눈깨비 고독을 흩뿌린다

의심스러운 말이 골짜기마다 성을 쌓아가는 동안
호수의 표면에는 미세한 판화들
지성과 감성의 눈밭에서 맨발로 춤추는 하얀 고양이 무리
머나먼 행성에서 떨어진 편린과
무거운 금빛 열매를 감싸고 있던
단풍잎을 눈발은 어디로 지우나

꿈의 신전
눈발들아, 위로 치솟아서
하늘 문을 열어라
침묵의 은빛 언어는
9억 마일 이상 내달린다
쨍
구름이 걷히는 것은 한순간

원은 아직 죽지 않았다
협곡에서 들려오는 미풍의 멜로디
이렇게 해서 원은 봄에게로 여름의 비상을 한다
후끈한 바람이 숲을 건너가고 있다

빛의 무량한 소리를 듣다

미지의 거대한 은하를 보았다
고독한 행성이 흰빛을 발할 때
지구, 눈보라 치던 겨울
땅끝, 항성 하나
화음 닻을 내린다

바다가 시작되는 땅끝
파도의 여음이 뭉실뭉실 쌓여 있는
구름의 황금빛 밀밭에서
낯익은 보슬비가 가을 언저리로 내리네
누룩에 꽃이 피었다고
슬펐던 묘지가 툭툭 터진다

죽은 자와 산 자의 언어가
노마드 문을 두드릴 때
절벽을 뛰어넘어
황토를 적시는 젖비

길과 길이 만나는 해변 언덕에서
풍경과 풍경이 가을 붉은 이마를 친다
뒷산에는 곧 날아오를 새떼가
황금빛 부리로 침묵 깃털을 어루만지며
은하 그 빛나는 눈들에게 날개를 전송한다

나는 벌거벗은 태초의 여자
여기는 땅과 바다의 접점
끝과 시작은 같아서
무량한 별빛이 쏟아져 내린다

젖이 돈다
따뜻하고 축축한 허공에서
알 수 없고 말할 수 없던
기름진 땅이 펼쳐져 나오고

스스로 그러한 풍경

거대한 화엄의 은하가 흐른다

되돌아가고 있는 사람

되돌아가고 있습니다

사물에 스며든 주름진 시간은
펼 수 없는 것
낡은 가방과 밑줄 그은 책과
카페테라스 찻잔의 온기
시간과 사람이 덧씌워진
사물과 사물 너머
풍경이 흔들리며
남루하게 늙는다

오늘은 온종일 당신 곁을 날다가
당신이라는 봄날 의자에
꿈꾸듯 앉은 나비처럼
졸았던 것이 다입니다

사람은 각자의 시간만큼
표정을 짓는다
즐거운데 슬프게 웃거나
표정이 일그러지는 미소와
쓸쓸함을 열매처럼 매달고
고독을 꽃처럼 달고 다니며

유령처럼 스치며 지나가는 표정들
무표정인 거울도 있다

나를 만나기 이전 당신은 아무것도 아니었고
당신을 만나기 이전 나는 아무것도 아니기 때문입니다

태어나기 이전에 이미 익숙했기에
순간순간 기시감과
벽과 허방
벼랑과 파도
숨 막히게 후끈한 바람이 꽉 차 있어도
지금 안에 시간의 숨골이 있다

되돌아가고 있습니다
태양이 떠오르기 이전
푸르스름한 어둠 속으로

하얀, 흰동백

남해 먼 바다에 섬이 있습니다
섬 숲속에 겨울비가 내립니다.
알 길 없는 깊이라는 게 있지요
가령 당신의 슬픔이라든가
우울의 호수라든가
바닷가 별빛 가득한 밤하늘 같은

깊은 숲속에서 사라졌다는
하얀 꽃잎에 쌓인 꽃술이 있다지요
보이지 않는 곳에서
방울방울 나직이
혼자 피어 있을 하얀 동백이
지금 이 비를 맞고 있습니다

쎈비구름 커다란 새의 날개와
두터운 비구름 희뿌연 은종 소리와
별빛이 새겨진
하얀 꽃잎 안 눈부신 날개가
비에 젖지 않고
해사하게 홀로 있습니다

비의 투명한 손가락이
기억의 빙하로 덩굴을 뻗어
야생의 눈송이가 될 때
하얀 깃털 눈부신 날개는
바다에 하얀 꽃도장을 찍으며 날아와
구름과 별빛의 언어를
침묵으로 읊조리지요

백옥의 덧문이 열립니다
비단 자수 이불 깔린 대지의 아랫목에
알 길 없는 깊이를 품은 옥양목 여인이 있습니다
흰동백꽃의 깊이라는 게 있다지요
별에서부터 뿌리를 지나 지구의 핵까지

폭우

방 안으로 물이 차올라
침대가 잠기고 책이 떠다녀
휘어지는 나무
세찬 물화살
정원 화초는 이미 수초가 되었지
엄청난 비가 내렸어 자꾸
필사적으로 고독하지 않으려는 몸짓이
은빛 머리카락처럼 흘러갔어
구름이 없는 구름
길 없는 길로
너를 만난 날은
세찬 폭우가 있고
나는 사라지고
천둥소리가 있고
내 모든 것을 다 가진
네가 있을 뿐

빗소리가 천장을 뚫고 들어와
대들보가 무너져
네가 아닌 풍경은 없어
캄캄한 사랑 거칠고 두려운 애무

장미 빛깔과 향기와 탐스러운 꽃술
나비 떼가 날아오를 때 달콤하지
향긋해져서 껴안다가
가시에 찔려 붉은 심장이
붉은 장미 꽃잎이 후두둑 떨어져
여기에는 없는 장미
거기에도 없는 향기
아무 상관 없는 아름다운 이야기
질식할 것 같은 향기
번개가 번쩍
천둥이 콰\쾅/
폭우가 천지를 삼켰어
폭우의 절정에

초원에서 슬픔을 주무르다

슬픔의 새를 잡아
슬픔의 기린을 초원에 그냥 놓아둬
세렝게티 초원을 달리는 저 하얀 구름을 보아
곧 초원은 젖을 거야
지금은 우기니까
내 의자 옆에 푹신한 네 의자를 뒀어
내 심장을 만져봐 내 가슴을 주물러봐
뜨겁니? 내 심장이 네 심장이야
자, 쿵쿵 울리는 네 심장을 따라가
심장에서 돋아나는 연초록 초원에서
비에 젖으며 뛰어 놀아봐

사바나 왜 이리 많아 슬픔이
세렝게티 끝없는 평원에 슬픔이 가득하구나
야생 덤불을 헤집고 다니는 작은 새 떼
많기도 하다 있다 슬픔 온다 간다 슬픔이
바람에 헝클어진 슬픔이
바오밥 나무에서 가시나무의 슬픔이
나무 위에 암사자가 꼬리를 늘어뜨린 채
슬픔에 침잠해 있다
죽은 슬픔의 머리뼈가 쌓여 있다
들불마냥 번지는 슬픔이

얼룩덜룩한 슬픔과

거대한 슬픔에 코가 늘어져 버린 슬픔이 걷는다

슬픔의 새끼를 데리고

달이 뜨면 순해진 슬픔이 달빛에 젖는다

마냐라 호수에 슬픔이 일렁이네

어느 해 가뭄에 말라죽은 플라밍고 슬픔이

노랑부리황새의 슬픔이 슬픈 지느러미를 잡아먹고

하마 거대한 슬픔 주머니가 슬픔의 호수에 잠겨 있다

슬퍼서 눈이 툭 불거져 나와 슬픔을 슬픔에게 뿌린다

슬픔의 벌레를 잡아먹는 작은 부리

별이 지고 가시나무를 씹어먹는 기다란 목

슬픔의 푸른 즙을 씹어 먹는 슬픔

슬픔이 떼를 지어 가네

누 그 뒤를 어슬렁거리는 슬픔

초원을 달리네 강물인 슬픔이

슬픔에 잠긴 소낙비 종아리가 흔들거리는

들풀이 물결이 흘러가네 슬픔으로 빛나는 슬픔이

탕탕

카오스가 걸어 나온다
구멍이 뚫려 죽은 혼돈왕에게
죽비를 내려친다
투명한 먼지가 블랙홀로 빨려 들어간다

검은 배경의 코스모스에
빛의 씨앗이 점묘법으로 퍼져나간다
묵묵히 돌과 바위가 돈다
밤낮없는 바람이
시간의 이마에 입김을 분다
첫 울음소리를 내며 또 다른 별이 터진다
눈 뜬 별이 성직자처럼 반짝인다

까마득하고 환한 맨발의 슬픔이
풀밭에서 춤을 춘다
발을 디딘 곳마다 성수가 고인다

모국어로 별을 노래한다
별이 공처럼 탕탕 튄다
100에서600으로
200에서900으로
400에서000으로

300에서500으로
700에서800으로
별공이 튈 때마다
어둔 땅과 하늘에 새 별이 반짝 떠오른다

막 생겨난 검푸른 바다 위에서
아시와 여자의 언어가
우주의 현을 튕기자
품 넓은 별이 일제히 반짝인다
밤하늘은 대지모의 박물관이다

2부

혈사경

지혈이 잘 안 되는
혀에서 피를 받아
혼魂이 썼다는 화엄경을
박물관에서 본 가을

활활 타오르는 조계산 자락을
먹먹한 마음으로 뚜벅뚜벅
대웅보전으로 오르는 길에

나는 보았네
이끼 낀 오래된 석축에
피로 새긴
꽃무릇 경전

누군가는 화두를 새기고
누군가는 불화를 피우고

익은 햇살 아래 타오르는
핏빛 화엄

눈 내리는 후박나무 숲에서

고삐 없는 흰 소가
허공을 떠다니며
행선을 한다

어둔 숲을 소요유하던
달의 흔적이

숲 가득 눈꽃으로
수북하게 쌓인다

흰 소의 피리 소리가
눈꽃 위에서
소리 없이 빛난다

겨울 숲

달빛은
눈 안에서 빛나고
숲의 적막은
눈 위에서 빛난다

아란야 숲에서

산초 향 짙은 길
길가에는 죽순이 피어있다

물소리 가득하다
계곡물인가
은하수인가
아니면 흐르고 싶은 그 어떤 것인가
여기는 은일과 열림의 숲

꿈길에서 목이 쉬었던가
너를 목청껏 부르는데
목소리가 나오지 않는다
이 숲에서는 너를 부르지 못한다
만트라Mantra는 저절로 흘러나오고

네 표정은 구름이고
너는 예기치 않은 소나기

지도를 펴고 나침반을 네게 맞추는데
너와 걷는 길은 죽음보다 까마득하고
네게 닿는 길은 너무 많은 길
어느 길로 가도 네가 없는 길

애절하고 절절하다는 말이
숲에서 허공으로
빈 하늘을 울릴 뿐

산초 씨앗은 검붉게 익고
대나무는 하늘에 닿고
아란야에는 소리 없는 연가가
울려 퍼지려다 스르르
물소리에 묻히고

이 숲은 메아리가 없다
물소리도 고요에 묻힐 뿐
고요로 흐를 뿐

탁발승 고목

그녀가 찾아간 곳은
어떤 장소가 아니었다
아무것도 없는 언덕이리라 했으나
모든 것이 그곳에 있었다
이미 사라진 하늘이라든가
이미 스쳐 지나간 바람이라든가
모두 그곳에서 적막처럼 있었다
예전에 한 번쯤
미친 듯이 울었을 그림자
예전에 한 번쯤
모래로 다 부서져 봤던 바위
은하의 끝은
설벽도 바다도 아니었다
끝없는 눈길을
걷고 걸어온 탁발승
달빛 가득한 밤
우주목宇宙木으로 산정에 서서
향긋한 달빛꽃을 피우고 있다

바다가 있는 숲

이끼 비늘 반짝이는 숲속 바위는
텅 비어 종소리 내는 물고기
햇살에도 빗방울에도 맑은 소리로
고요의 숲길을 연다

숲에 드는 일은 네게로 가는 길
나무 한 그루는 뿌리에서 우듬지까지
맨살로 봄 여름 가을 겨울을 품으며
자신의 길을 낸다

정한 길이 없어
어디서든 길이 되는 사람이 있다
소나무 숲을 지나는 바람은
솔향 가득한 숲길이 되고
비가 내리면 바다가 된다

바다가 된 사람
밤에는 부드러운 달빛 바닷길이 열리고
낮에는 해의 뜨거운 발바닥이
눈부신 바닷길을 열지
어부는 새벽 뱃길을 연다

바다는 정해진 길이 없어
어디든 가는 자의 길
고래도 그 누구도 발자국을 남기지 않는다

숲길은 바닷길
바닷길은 숲길이니
숲 내음 나는 물고기 떼가
은비늘 반짝이며 구름 위로 오른다
눈길 한번 마주치면
우주 끝에서도 훈풍이 불듯
문득 우리
숲이 된 바다에서 만나리

눈 내리는 폐사지에서

흰 소 떼가 승무를 추며 내린다

성전에서 울려 퍼지던 범패 소리가
부신 은빛 구름으로 흘렀던 것인데

저물녘 사찰숲에 머물던 달이
은빛 달 무리로 그윽이 내리네

새 깃털옷 갈아입은 독수리가
비아의 흰 나무에 앉아
동맥과 정맥의 푸른 길을 바라보네

하얀거 뜨겁던 태양이 무르익어
쌓인 눈송이마다 작열하듯 빛나고
대웅보전 대들보에 새기는 금일 금시로
둥근 달빛 스미고 흰 소 떼 사라진다

시간의 꽃나무

무료합니다
여기는 아무도 모르는 깊은 숲속
단 하나의 편평한 바위 위입니다
적막한 집입니다

집 아닌 집이 있습니다
잊고 있었던 집
허기진 당신과 함께 머물
집을 짓습니다

지난겨울 부러진 세계의 시간을 보며 동백을 심습니다
매화를 심고 봄의 시간을 봅니다
사과꽃을 보며 시간의 저울을 봅니다
감나무를 심고 삭혀지는 시간을 봅니다

장승을 조각합니다
혼자라는 자유
따로 서 있는 장승을 조각합니다

우주에 혼자 던져진 채
자욱한 안개를 봅니다
바다는 안개 안에서 속수무책입니까?

우주에 떠 있는 미아
말할 수 없는 막막함
본지풍광 자리를 찾으며
혼자 산속을 거닙니다

십 년 습을 익히고
십 년 습을 털고
나머지는 그저 살아갈 뿐

사람은 떠나고
미래는 없습니다

온몸이 불덩이 같습니다
세상을 안고 있으니

아 그러나 내 몸은
들어오고 나감이 없어
텅 빈 당신의 집입니다
텅 빈 꽃입니다

상사

툭, 튤립나무 한 잎이 창으로 날아든다
봄 여름을 갈색으로 익혀서
다시 왔다
철저하게 혼자여서 우주가 되는 곳
적막은 건너야 할 깊은 호수
바람이 분다
고독에서 피어올라
찬란으로 에워싸는 성스러운 숲에
단풍이 가장 먼저 드는 곳
황금 튤립나무 잎은 저마다 오랜 영혼이니
바람 소리 가득하다

절벽 아래 물이 반짝인다
물결은 절벽 쪽으로 와서 윤슬을 일으킨다
깨어있는 꿈결에서
무심으로 졸고 있을 때
또 다른 고독이 잔물결로 와서
곁에 누워 반짝인다

튤립나무가 전생처럼 유유히 온몸을 흔들며
황금 햇살 윤슬을 하늘에 펼친다
빛의 절정 사이

바람을 타지 않는 투명한 날개로
후생의 나비 떼가 날아오른다

연두의 변

어느 별에서 온 것일까 촘촘한 우주 틈 비집고 빛으로 부르는 소리 창을 닫아도 스며들어 마음 빗장을 열고 들어오는 신비로운 기운 더 이상 견디지 못해

흘러나온 겹겹의 연두가 빛과 어둠이 뒤섞인 오래된 성벽 오래 서성이던 빈 거리마다 차올라 밀물처럼 출렁인다

하나의 연두에 이어 또 다른 연두가 오고 가늘게 떨리는 연두의 바닥과 연두의 천정과 연두의 스테인드글라스

연두 세계에 깃들어 연두이고 싶어 부드럽고 훈훈한 봄바람 일렁이며 연두의 애잔함을 배경으로 있는 거룩한 신을 본다

신이 딛고 선 어머니 대지는 하늘 끝 대성전의 파이프 오르간에 오만가지 연두를 싹틔우고

온몸에 봄물이 차오른다

부드럽게 빛나는 신성에로의 창 연두를 봉쇄한 수도원 뜰에도 연두 기둥을 밀어 올린 수선화 한 송이

봉쇄수도원

뿌리를 키우려고
껍질이 두꺼운 나무가 된 사람이 있다
바닷가 절벽 높은 생울타리 안에 비가 내린다
비도 뿌리가 있어
하늘에서 길게 줄기를 늘어뜨려
땅에 우듬지가 닿고서야 뿌리를 거둔다
비 같은 수도사들이 검은 우산을 쓰고
뿌리가 얽혀 번진 잔디 위를 걷는다
발자국 찍힌 자리에 비가 고인다
잔디 사이사이 고인 물이 된 비가
뿌리를 내리고 있다

신의 아들이 되려고 나무가 된 뿌리가 있다
하얀 낮달이 하늘을 가로지르고 있다
검은 옷 속에 손을 넣고
수도사가 서 있다
돌문이 닫혀 있다
아무도 노크하지 않으나
벽틈으로 눈이 나타났다 사라지곤 한다
아무도 말을 하지 않고
고개를 돌리지 않는다

누가 나 좀 어떻게 해줘요
다시 장대비가 내린다
섬 저기
비 내리는 바닷가 절벽
봉쇄된 섬의 뿌리는 바다보다 깊다
나무가 가지를 뻗어
생울타리보다 키가 커지면
뿌리가 뿌리를 뻗어
뿌리에서 잎싹을 틔운다
그 누구도 봉쇄할 수 없는 삶을

이해는 몰이해

장미꽃잎 붉은 즙이 열망의 물결로 사운대며 운다 고개를
숙인 채 기억을 더듬으며 오해의 연속이라고 성베네딕도수
도원 피정소 정원에 풀이 무성하여 성자 동상이 가려져 있
다 마치 그렇게 가려져 있기로 한 것처럼

장미는 없다 수도자는 손을 감춘 채 발걸음이 가볍다 장미
꽃잎은 없으므로 장미 가시가 없으므로 이제 외로움 때문이
라고 말하지 않는다 암술과 수술이 끔찍하기만 꽃잎은 햇살
아래 발가벗고 누워 있을 모래 둔덕의 말간 얼굴을 본다

장미의 부재는 식물학과 상관이 없다고 잣을 주렁주렁 매
달고 있는 잣나무가 신부의 머리 위에서 출렁인다 금빛 물
드는 바다에 젖어있는 장미의 꽃가루가 있다

대낮에 행성을 보여줘 붉은 별보다 푸른 별을 푸른 별보
다는 은빛 별을 장미를 에워싸는 황갈색 잣나무들 비바람이
불어온다 운석이 황금빛 바다에 떨어진다 계절의 치명적인
순환을 안개를 빨아들이는 스펀지 바람이 황금빛 춤을 춘다
바다가 금빛으로 출렁거리며 젖는다

부드러운 말로 몽환적인 장미가 성가를 부른다 두 줄기로
십자가를 만들어주겠다 두근거리는 거짓말 불타는 꽃잎 성
호를 긋고 잣나무 머리 위에 장미의 씨방을 올리나

침묵의 얼음이 깨진다 저 오른쪽 길은 너 너의 꼬불꼬불한
길 나를 돌려라 등

찔레꽃 동산

향긋한 찔레꽃 동산에 오르려면
가시의 길을 보아야 한다
빨갛게 긁히고 독이 침범했던 몸
단단하고 뾰족한 마음을 읽자
길이 없던 가시덤불이 승무를 춘다
가시 자물쇠 열리고
천둥 같은 꿈결이 열린다
번개 작살 같은 몸결에도
젖비린내 난다 이제 단내를 맡아라
혈흔의 아가들이 폴짝 뛰어나와
철조망을 녹이고 언덕 너머로 사라진다
네 이름을 내 이름을 불러봐
가시는 스스로 피를 흘리고 있다
아무것도 찌를 수 없기에
꽃은 피비린내와 주검을 덮고 자란다
설탕 가루를 입술에 묻힌 찔레 새순
아이들 웃음소리가 찔레순을 따먹는다
붉은 피 마시고
흰 꽃을 피워내는
검은 머리칼 먹고
돌가시를 뽑아내는 너는 뭐냐
누구는 제석환인과 열여덟 번째 환웅이라 하고

누군가는 웅녀와 단군이라 한다
찔레꽃 언덕에서 춤춰라
밤에 고라니 가족이 와서 거닌다
남에서 북으로 향긋한 찔레꽃
순식간에 만발이다

구계등 숲에 들다

방풍림도 바람막이가 그리울 터
소금기와 바람 냄새 짙은 바닷가
세차게 흔들리는 나뭇가지
그 눈물의 농담을 알아보리라
하여, 바닷가 숲에 들어 초록에 젖었던 것인데
짠바람 막느라 바람 소리로 울고 있는 숲에서
나무[南無] 나무[木] 합장의 예로 읊조리며
얼굴일 뿐인 이름에 마음길을 열어준다

이름과 존재를 종일 묻고 다닌 숲에서
동백나무 후박나무 생달나무 붉가시나무 감탕나무
곰솔 작살나무 누리장나무 팽나무 등을 만났으나

이름 없는 얼굴에도 매 순간 절정인 삶이 빛나고
이름표를 단 나무는 이름의 안과 밖을 드나들며
자신보다 결이 잔잔한 숨소리를 내뿜고 있다

바람과 햇살이 춤추는 숲에는
이름을 버린 나무들이 거대한 빛을 발하고 있다

천년 파도에 깎이고 닦인 푸른 돌도
몸을 벗고 벗으며

오랜 항해 중이니
오늘은 청환석이란 존재로
바닷가에 닻을 잠시 내린 것이니
바다와 방풍숲 사이에서 순간을 노래하고 있을 뿐

자신을 버려서 더 빛나는 존재 곁에
짭조름한 별빛들이 찬란하게 어우러진다

등꽃 아래서

등꽃 향기 가득한 오월 언덕에
글썽이는 사슴 눈망울 당신이 있습니다
미안합니다 저는 모두 잊었습니다
불꽃이 되었다가 사라진
당신의 둥근 어깨도
풀밭을 환히 밝히던 발굽 소리도 잊었습니다

다만 당신이 심어둔 등나무 덩굴이
봄마다 더 높이 푸른 잎 피우고
오월 찬란 햇살 하늘로
보랏빛 자줏빛 불꽃으로 다시 피어
꿀주머니 들숨 날숨 트이는 달콤한 향기
꽃등 환해 해가 지지 않을 뿐

당신을 잊는다는 것은
이 세상을 다 잊는 것입니다
당신과 하나의 덩굴이 되어
일 년 내내 뿌리를 뻗고 휘감아 오르니
오월 등나무 꽃그늘 아래
풍성한 등꽃 발굽 소리 향기롭게 번집니다

강물

광야에 있는 너에게로 흐른다
길이 없는 허무의 땅
걷는 길도 순간 지워지는 황량한 길을
혼자 걷고 있을 네게

바람의 울음소리에 비틀거리는
네게 나는 간다

네가 간 적토를 맑은 물소리로 적시며
네가 갈 거친 길 탄탄히 적시며
메마르고 상처 난 발 닦아주리라

머리에 내리는 햇살
아침 이슬방울이 대지를 적시도록
이제 하프를 켜고 우주의 찬란을 노래하라

황무지에 찍힌 네 발자국마다
새싹이 돋도록
은빛 날개를 펴고 춤추어라

네 향기로운 화살은 봄숲을 열리라

3부

고흐와 밀밭 가는 길

부르는 길이 있다
이끄는 길이 있다

구불한 길을 비틀거리며 오르면
오르막길 끝이 하늘에 닿아 있는 길

불붙은 압생트를 마시고
밀밭 가는 좁은 길을 간다
아직 피지 않은 유채꽃밭을 지나
나를 따라오며
등 뒤에서 들려오던 목소리
오지 왜 안 왔어
들릴 듯 말 듯
어떻게 가
고흐와 걷는 길
봄풀이 무성한 좁은 길
혼자서만 걸어갈 수 있는 길
등 뒤에 따라오며 속삭이던 소리

혼자 서 있는 나무를 지나면
까마귀가 난다
더없이 펼쳐진 밀밭에
봄바람이 분다

절벽 성당 흰 사자

산꼭대기 바위 위에 세워진 성당 벽에
선인장이 딱 달라붙어 있다
센 바람이 불어도 선인장은
바위처럼 바위 위에 있다

들어갈 수 있는 성당인데
몸집이 큰 흑인이 검은 제복을 입고
붉은 줄을 친다

정말 이상해
눈 감으면
절벽 성당이 꿈에 나타나고
눈부신 하얀 사자가 쳐다본다

꿈에서도 너무 선명한 절벽
하얀 사자가 적벽보다 더 큰 키로
서 있다

나를 어쩌려고
나는 어쩌라고

선인장 바위 위에
빛바랜 흰빛이 쏟아져 내리고 있다

황금 봉투

새 커튼을 넣지 마세요

검은 가지에 꽃이 폈어요

연분홍 꽃은
아몬드라 불리다가
벚꽃이라 하는 이도 있고
매화라고도 부르네요
하물며 살구나무라고도 했지만
장미가 폈네요
그것도 활짝

접은 꽃은 넣으세요
향기도 빛깔도 집히고

오직 불확실한 꿈을 꾸며
꽃 피울 내일만 넣으세요

커다랗고 황금빛 나는 봉투를 벌리세요
봉인된 꽃은
당신이라는 사막에게로 갑니다

혼자 적막의 기둥을 잡고 떨던
안개 자욱한 봄밤에게
소중하게 건네는
봉인된 길의 뿌리

자, 손금이 사라진 손으로 받으세요

샹티이 정원에서

만지고 싶어
네 뜨거운 심장을
검은 대리석 조각상 안에서
다시는 살고 싶지 않은
돌덩이 심장이 뛴다

숨 가쁘게 뛰어 비너스에게 달려갔습니다
늪처럼 젖은 풀밭을 뛰느라
신발이 젖었습니다
발이 물에 젖습니다
오랜 시간 풀을 적시고 있던 물입니다

비너스가 뜁니다
하얀 봄을 비틀고
청동의 성안에 있는
발가벗는 신에게 달립니다
풀밭이 같이 뛰고
호수의 백조가 호수 안을 봅니다

당신은 깊은 잠에 빠졌는데
심장이 걸어 나와 달립니다

뜨겁게 타오르는 것은 불안을 품고 있지

미래는 신도 모르는 것
다만 지금 순간에 집중할 뿐
그러면 안 될까?
심장이 타오른다

구름 위의 성

때때로 구름 위 성에 삽니다
눈부신 햇살과 고요만이
성을 감싸고 있을 뿐
성벽은 세계가 그린 그림
음악으로 만찬을 합니다
포도주가 잔에서 출렁입니다
당신은 출렁이는 배가 됩니다

이리와 팔베개를 해줄게 상상의 몸을 열어 난파당한 시간
에게 안깁니다 실체 없이 푹신한 은빛 달콤한 품에 안겨 꿈
을 꿉니다 순간의 심장 소리에 귀를 대어 호흡을 맞춥니다
당신 품에서 머리를 쓰다듬고 커다란 어깨를 만지고 볼을
맞댑니다

푹신하고 은빛이며 잡히지는 않는
허공 같은 당신이
내 가슴에 얼굴을 묻고 웁니다
무너뜨리는 것은 바람일 뿐이라고
젖은 머리카락을 쓰다듬습니다
나도 은빛 찬란하고 푹신하고
잡히지는 않으니
당신과 더우기 한몸입니다

은빛 성이 흩어집니다
은빛 성에 깃든
세계와 당신 시간과 나는
창공이 됩니다
눈부시게 푸른 옷을 입고
당신인지 나인지
몸인지 영혼인지 그저 투명하고도 푸릅니다

미래에서 온 고대의 무덤이 파르스름합니다

아몬드꽃에게 안부를

당신이 산다는 리옹에서
엷은 안개 사이 횟빛으로 서 있는
당신의 빈 가지를 봤습니다
잔가지가 많기도 했던 빈 가지

당신은 누에 애벌레처럼 꿈틀거립니다
불안하다며 자꾸 꿈틀거립니다
불안한 척하는 당신이
가지를 뻗으면 뻗을수록
비가 오는 듯하더니
하늘이 옅어졌습니다

기차가 몸을 비틀며 휘어진 채
둥근 길 끝으로 사라십니다
당신은 작고 둥글고 까만 열매를
함부로 수없이 달고
해질녁 광장에 서 있었습니다

아직 안 온 건가?
철문 길 끝에
커다란 꽃다발로 서서
아몬드 분홍 꽃잎을 흩날리려 했지만

돌이 깔린 리옹 거리에서
망설이는 당신을
나는 당신을 압니다

아몬드 분홍 꽃 안부가 궁금합니다
꽃잎이 날린다는 연서가 안 와서
실바람을 보냅니다

막 깔린 풀밭 위 그림자 위로
화르르 화르르
분홍 꽃잎의 눈부신 각혈
당신은 부랑자의 자부심입니다
휘어진 길은
새로운 길로 향한
사라짐입니다

묵음

세상 소리 모두 꺼졌으니

오늘 밤은 나와 남불에 별 보러가요
생트 빅투아르 산이 은빛을 머금고
어둠 속에서 별을 맞이하네요

공중정원에서 당신과 날개 펴고 나는 밤
별자리가 손을 잡네요
별 사이에서 별이 되기란 쉽죠
빛으로 동쪽 하늘을 가로질러

빛은 어둠이 빚은 것
어둠이 묻지 말아 달라고 합니다
묻지 않겠다고 합니다
어둠을 입은 은빛 산은
답을 합니다
답을 알지 못하면서
답을 합니다
어둠 속에서 말없이

불가능의 가능성

거룩한 사랑
하늘을 올려다보면
우주를 가로지르는 무지개
내 영혼 가닿는 곳에 미지의 별
밤하늘에 미소가 반짝이네
심장을 두드리는 운명은 나의 것
당신이 나의 것이듯

애틋한 사랑
춤추는 밤바다에 등대가 깜박인다
순결한 손은 사랑의 인사
돛단배는 태풍이 불어도
난파되지 않아
내 사랑의 꿈은 초월의 노래

달콤한 사랑
부드러운 목소리가
내 숨결을 어루만질 때
솜이불을 덮은 침묵이 시를 읊조리고
간절한 기도에서 뿜어져 나오는
당신이라는 바다

빛나는 사랑

잿빛 구름을 걷고

춤추는 꿈의 오로라가

바다 위에 별빛의 꿈을 전하네

떨리는 우주의 함성

운명의 발자국이

수평선 너머로 파도를 일으킨다

빅뱅

밤과 낮을 뛰어넘어
적도와 극을 넘나들며

나는 침몰하여
심해를 발굴하네
세계에 숨결을 불어 넣기 위해

언어는 양탄자 위에서
불춤을 추고

미소는 바다 위에 핀
짙은 향의 붉은 장미꽃

비밀의 바다는 황홀한 장미정원
깊숙한 해저에 자음과 모음이 유영한다

어느 밤 장미 봉오리에서
새벽이 피어난다

영원의 물결을 따라
찬란이라는 이름으로

기다리는 사람

폭설이다
머나먼 폭설의 겨울 끝에
반가사유상 같은 당신이 있다면
그럴 수 있다면
까마득한 길 끝에서
봄을 읊조리며 서 있다면

물러설 수 없어 가지런히 서 있는
겨울나무 까마득한 길 끝
횟빛 구름이 나뭇가지 끝에서 피어올라
하늘 끝에서 서성거린다

끝내기 위해 시를 기다리고
끝내려고 길 끝을 바라본나
자욱한 마음을 지어낸 슬픔이
저음으로 고독을 중얼거리는 동안
한 사람은 달리고
한 사람은 기다린다

복잡한 금을 만드느라
가지를 뻗어가는 나무는
때아닌 폭설에 묻히기도 한다

애틋이라는 새는
만남의 부력을 끌어당기기도 하지만
길 끝에는 무너질 줄 모르는 성이 있다
달빛이 길 끝의 시를 펼치자
대책 없이 눈꽃 핀 겨울 정원
별빛 아래 닿아
씨앗을 뱉었다

너를 보낸 가을

비가 내리고 있다
젖은 마음 위에
세차게 쏟아져 내리는
차가운 비가
세상을 뿌옇게 지우고 있다

네 이름을 불러보지만
처음도 끝도 없는 적막
너는 죽은 것인가

너는 소리 이전 사람
너는 형체가 생기기 이전 사람
끝나버린 세상에 남겨진 거대한 산
거대한 무덤

유적을 발굴하느라
무덤 속에서 안거 중이지만
너는 모른다
사랑한 적이 없는 최초의 미궁과
무덤에 닿은 햇살의 나른함

모름도 모르는 너에게
나는 사랑을 한다
종은 울리고
무덤은 텅 비었다

허공에 매달린 종을 깨고
겨울잠에 든다

민들레밭에 장미가

벼락같은 꿈에
번개처럼 가닿을 때가 있다
어디서 어떻게 왔나
길쭉한 노랑 꽃잎
백년 민들레밭에
둥그스름한 빨강 꽃잎
들장미 한 그루

낮게 엎드린 민들레 사이
혼자 솟아 핀 저 향기
민들레 씨앗 깃털이 온 들판을 날 때
장미는 볼록한 씨방 안에
씨앗을 꽉 깨물고 있다

한가로운 초원 기린 무리 안에
사자 한 마리 낮잠을 잔다
파리 구시가지에
혼자 솟아 있는 현대식 빌딩 하나
포도가 아닌데 포도밭에 있는 사과
사과가 아닌데 사과밭에 있는 포도
왜 거기에 있나

길이 아닌 길 위에서 빛을 발할 때
고독을 뛰어넘는 고귀함이 서린다
밤하늘 잔별 사이 둥근 달 하나
별들과 어우러져
환히 밤을 밝힌다

아무도 정할 수 없는 것이 있다
여기에 있든 저기에 있든
너는 너다
숲에 머물거나 바다에 닿거나
노을빛에 물들거나
혼자가 아닌 너
어디든 갈 수 있고
무엇이든 될 수 있는 우주

오래된 첫 질문

들려줘
어느 머나먼 별에서 온 거니?
오래도록 느린 걸음으로
길 없는 길을 지나
오직 길이 되는 다이아몬드
은빛 태양의 성주인 듯 눈부신
너는 누구니?
아득한 전생 어느 때
내 긴 머릿결 쓰다듬던 바람을 타고 와서
영원의 심연에 깃드네

들려주렴
내 문설주를 적시는
고요한 파도
너는 누구니?
은밀하고 오래된 숲속 내 비밀의 성에
향기로운 화관을 두 손에 들고
성문을 두드리는 너는
씨앗을 심고
빗방울 후두둑 뿌리며
내 정원에 핀 보랏빛 붓꽃을 적시네

들려줘
네가 누구인지
네 속에 깃든 너
너 속에 깃든 나
겨울의 변방에서
천년 빙산을 깨며
오래된 신이 던진 질문을 지나
망망대해 위에서
윤슬로 빛나는 너는

속삭여줘
네 운무를
시간의 수수께끼는
꽃이 만발한 매화 언덕에서
끝도 시작도 없이
피었다 흩어지고

들려줘
우리가 죽도록 사랑하기 좋은 계절을
내 시작은 언제이고
네 시작은 언제인지

붓꽃이 허공의 텅 빈 중심에
태초의 시를 쓴다
영원한 생성과 소멸의 시를

말해봐
붓꽃이 두둥실 떠올라
마법의 성 종탑에
네 시작이 나의 시작임을
우리 시작 속에 영원이 있음을
꽃등 별이 하늘 가득 빛나고 있다

아직도 비

어두운 밤 차가운 빗속에
나무가 떨고 있습니다
나뭇잎에 빗방울 떨어지는 소리가
벌판을 가득 메우고 있습니다

누군가 떨며 울고 있습니다
흐르는 눈물 위에 빗물이 섞여
볼을 타고 온몸을 적시어
이 땅을 적십니다
어둔 밤길이 젖습니다

죽음은 좀처럼 가지 않고
삶은 좀처럼 오지 않습니다

비는 그쳤습니다
당신은 아직도 빗속에서 떨고 있습니다
찬비를 맞으며
어둔 밤길 벌판 위에 있습니다

아직도 낮게 내려온 하늘
비구름 가득합니다
이미 당신은 간 지 오래

태양이 떠올랐으나
유리창에 빗물이 흘러내립니다
아직도 창가에 빗방울이 맺혀있습니다
마르지 않는 빗방울

나는 아직도 빗속에
있습니다 우두커니 젖어

불안

당신의 이름은 불안
안절부절 구불구불한 고개를 넘어간다
낭떠러지 절벽 아래를 보며
떨고 있다

내 손을 잡아
불안해
손을 놓으면 어쩌라고
내 목에 매달려
불안해
넘어지면 어쩌라고

태풍이 불어온다
바람에 휘청인다
비바람에 옷이 젖는다
너는 한기가 들까 불안해한다
날아갈까 불안하고

살면 어떤가
죽으면 어떤가
사랑하면 어떤가
사랑받지 못하면 어떤가

절벽 끝이든 태풍 속이든

둥근 달을 품고 살아

절벽 사이 나무가

꽃을 피우고 있다

4부

봄밤 상사호

윤슬이 잔잔하게 입니다
물길 따라 굽이굽이 지속되는 슬픔을 봅니다
집과 길이 비치는 물빛 겹겹이
나비가 날아다닙니다

견딤으로 꽉 차
터져버릴 듯한 봄밤입니다
벚꽃이 길 따라 피어
어둠 속에 뿌옇게 서있습니다

어둠뿐인 듯
컴컴하기만 했던 밤 상사호에
하얗게 터진
수천 수억만의 벚꽃잎이
상사호를 둘러싸고 있습니다

끝이 보이지 않는 슬픔은
벚꽃길 따라 구불거리다가 사라집니다

실체가 사라져도 지속되는 실체 없는 그리움은
밤의 깊숙한 둔부를 베고 눕습니다

수몰된 고향 집을 물빛이 되새김질합니다
벚꽃비 흩날리는 날
내 안에서 파닥이는 그믐 같은 이파리는
이제 벚꽃잎 아래 수장합니다
물빛 나비 떼가 솟아 나와
벚꽃비 사이를 날아다니는
봄입니다

그림자

길바닥에 식물의 그림자가 자라고 있다
건물 벽에도 그림자가 자라고 있다
길바닥에 그림자가 새겨졌다 사라졌다

그림자가 가고 있다
색이 없다
어둠의 짙은 그림자
어둠보다는 밝고
빛보다 눈부신 그림자

그림자 몸 안에 있는 어둠이
햇빛을 쬐려고
밖으로 나온다
길어졌다 짧아졌디
마음 가는 대로 춤춘다

몸 안 어둠은
몸에서 떨어지지 못한 채
발을 꽉 붙들고
헤엄쳐 다닌다

나뭇가지 그림자가 하얀 벽을 더듬더니
창안으로 들어가
여자의 발등에 세족식을 한다

물 위에서는 어른거리고
구불거리고
계단에서는 접히고 늘어지고
사물의 굴곡 위에 눕는
그림자

고래꽃

푸른 바다 한가운데
솟아오르는 고래의 용암

죽음의 꽃이 핀다

참았던 고통의 꽃
참았던 통증의 꽃

하얀 분화
붉은 분화

생명의 꽃이 핀다

한 권의 책

이 책의 책장은 두텁다
마구간 두드리는 죽은 말처럼
문고리를 잡아라
놋쇠로 만든 커다랗고 둥근 문고리
세계는 찰방대는 책꽂이
무수한 책을 읽으렴
모두가 한 가지 내용일지라도
어젯밤에 등장한 유령마저 읽으렴
아 어릿광대는 울고 있는 친구의 유년
너는 밑줄 치며 읽어야 할 한 권의 책이니

우주의 현

먹먹하고 깊은 밤
바닷속 어둠을 응시한다

또렷해지는 빗소리
봄을 향해 달려오는
말발굽 소리

연이어 오는 새벽빛
성스럽게 일렁이는
봄물 오른 숲

둥글고 따스해
눈부신 어둠
쏟아져 내리는 별빛

빛의 산란
우주의 현현玄絃

소낙비

소리 내어 울 수 있다니
그렇게 목 놓아
울어 버릴 수 있다니
오동잎이 요동치고
화살 빗방울에
호수 전체가 뒤흔들리고

번개 쳐서 하늘을 쩍 갈라놓더니
천둥 거인 발걸음으로
땅을 흔들어 버리더니

굵은 눈물을 한꺼번에 쏟아내
둑길과 벌판
언덕배기 소나무도
온몸이 다 젖어 우는

우주의 커다란 울음
하늘과 나무와 대지도 젖어
큰 소리로 마음껏
목 놓아 울다니

아닌 척
아무렇지도 않은 척
해맑은 척 있다가
갑자기

달아나는 새 떼
뛰어가는 사슴 떼
이미 젖은 꽃잎
이미 젖은 짐승

울창한 숲이 흠뻑 젖고
가파른 울음과 퇴적물이
순식간에 흘러기
다 씻긴

너는 내게 그렇게 왔다
소낙비처럼

물범이 어디로 갔을까

언 바다에 작은 구멍
얼음이 떠 있는
푸른 구덩이
그 구덩이에서 나온
남극 바다표범이 배밀이를 하고 있다

회흑색 뭉뚝한 몸뚱이
차가운 얼음을 깨고
눈 쌓인 망망
하얀 얼음 위에 배를 대고
짧은 두 팔을 바닥에 대고
허우적 흐느적
앞으로 나아간다

까마득한 얼음 언덕
눈부신 깃대 구름을 피워 올려
산정에 꽂고 서 있는
설산에게로
뭉둥한 몸 하얀 배
짧은 노를 저어
몇 날 며칠 후
설산으로 사라졌다

남극 바닷속에서
얼음을 뚫고 나와
설산으로 사라진 후
얼음 바다 위에 남은
길고 긴 용 한 마리의 흔적
깃대 구름이 용솟음치더니
창공으로 사라진다

떨기나무

떨기나무에 새떼가 앉아있다

활활 태양을 품은 나무는
스스로 이글거렸다

신이여 타지 않는 내 붉은 혀를 보시오
항아리가 툭툭 터지오

온몸이 하얀 빛인
떨기나무

빛인 떨기나무 위로
태양이 비스듬히 간다

불잉걸, 은이버섯

초봄 눈을 맞고 있던
산수유 붉은 열매 곁에
노란 산수유꽃이 폈다 하여
산수유 옆 닥나무로
은이버섯이 급히 왔다

은이는 수벽치기를 하였다
통통한 은이
구불구불
물렁한 은이

아직 꽃봉오리 없는 양귀비가 오물거리다가
산수유 꽃나무 아래
턱을 괴고 앉아
꽃송이 올라오는 닥나무를 보고 있다
후끈, 몸이 달아오르는 봄
은이버섯은 닥나무에 기대어
눈부신 산수유꽃을 보고 있다

겨우살이의 숲

빌딩 숲

틈틈이 보이는 작은 집

버틸 수 있겠니?

너야말로 버틸 수 있겠어?

흐린 겨울 저녁

둥근 나무에 둥글게 달린

황금빛 음성

그루터기

바닥없는 바닷속 같아

어둡고 까마득해
검푸른 진눈깨비 속
긴 항해

지상에 깃들 방 한 칸 없어
투신한 고목 두 그루
숨 막힐 때도
허공이 되어가는 중에도
팔은 살아 껴안았다는데

바다를 지나
닿은 섬

이끼 가득한 삼나무 숲에
촘촘한 나이테
두 그루터기
경칩 무렵 봄비 내리는 날
서둘러 싹 틔워
껴안고 있다

소슬

서리 내린 숲에
사라졌던 새가 앉아 있다
시린 발을 오그리고
푸른 눈 치켜뜨고
기다리는
말 없는 불꽃

붉은 단풍이
켜켜이 쌓인
백지 책 위로 떨어진다

찬바람이 분다
구름이 흘러가고
언 강 아래
산맥이 흐른다

흙이 물이 되는
발효의 시간

후끈
푸른 펜에서
불꽃이 튄다

장미

절망처럼 장미가 피어 있다
장미를 사랑하는 첫 방법은
가지에 어슷 붙어 있는
가시를 어루만지는 것
가시를 잡고 눈을 감아보는 일

뾰족하고 딱딱한 가시 안에
탄성이 있는 것을
떨림이 있다는 것을

꽃향기보다 아름다운 견딤
단단한 침묵이 있다는 것을
장미꽃 어딘가에
ㄱ대가 있다

장미 가시는 한 번도 찌른 적이 없다
스스로 와서 찔릴 뿐

장미가 가시를 둥글게 만다
절망을 벗었으므로

밀양역密陽驛에서

빽빽한 볕 아래서
오고 떠나는 기차 소리를 들으며 졸고 있네
나비 수만 마리가 햇살 아래 눈부시게 하늘거리고
무언가 기다리는 나는 향기에 취해 웅크리고 있지

꽃이 폈더라 고목 아래서 참 붉게도 폈더라
당신 생각이 나더라 눈물이 나더라
당신이 누군지 한참 생각해보았지
다른 차원에서 온 듯 미소만 짓던 당신
우주정거장을 거치지도 않고 지구에 와서는
낯선 이 거리를 참 잘도 견디다 갔어 그치?
마치 익숙한 곳처럼 먼지가 날려도 사뿐거렸지

볕이 가득 내리쬐는 역에 가면
당신이라는 빽빽한 햇볕이 있지
향기가 되고 나비가 되고 내가 되어 함께 있지

상강霜降 해바라기

싸한 바람이 분다
사막에서 밀림
찰나에서 영원
켜켜이 쌓인 길의 시간

태풍도 장맛비도 견딘 야생의 시간이
나이테를 허공에 풀고 있다

달빛이 수정 얼음 가루를 뿌리는 상강의 밤
묵직한 해바라기 씨앗 점점이 서리가 내리신다
단단한 빛 빽빽하고 검은 눈동자

고독의 발목이 자랄 때
먼 태양을 바라보던 샛노란 얼굴
태양을 숭배하며 수백 개의 노란 혀가 된 얼굴
활활 타도 좋을 황홀
초록 심장을 층층이 줄기에 매달고
태양이 되었지
눈부시고 커다란 얼굴
처음부터 태양이었지

대지를 숭배하며 물기를 말리는 시간
잘 여문 혀꽃이 태양의 시를 읊조리니
꽃잎은 노란 나비떼가 되어 길 없는 하늘을 날고
벌떼는 허벅지에 황금빛 화분 가득 매달지

성스럽고 근엄한 얼굴
고요하고 장엄하여
현현묘묘玄玄妙妙하게 빛나니
봄을 품은 초겨울 바람이
씨앗을 대지로 불어 넣고 있다
상강 지나면 입동
대한 지나면 입춘
촘촘히 체온을 나누던 씨앗 미세한 촉각은
우주의 황금 숨소리를 알고 있다

드러낼 수 없는 가없는 것들을 생생히 감촉하려는 시편들

이경철(문학평론가)

> "나는 벌거벗은 태초의 여자/여기는 땅과 바다의 접점/끝과 시작은 같아서/무량한 별빛이 쏟아져 내린다//젖이 돈다/따뜻하고 축축한 허공에서/알 수 없고 말할 수 없던/기름진 땅이 펼쳐져 나오고//스스로 그러한 풍경//거대한 화엄의 은하가 흐른다"
>
> ─「빛의 무량한 소리를 듣다」 부분

태초의 우주와 나를 드러내는 비약적 상상력과 역동적 이미지

석연경 시인의 네 번째 시집 『탕탕』은 우리네 깊은 속내와 우주 태초를 감촉하고 있다. 캄캄한 혼돈 속 뭔지 모를 것들이 그리움으로 서로서로 뭉치다 폭발해 우주를 낳고 있는 빅뱅(Bing Bang)의 빛이다. 기성의 모든 알음알이 다 벗어던

지고 참 나와 참진 세계, 본지풍광本地風光을 있는 그대로 보라고 탕, 탕 내리치는 죽비 소리다.

그런 빛과 소리를 보고 듣게 하는 상상력과 이미지의 스케일이 참 크고도 깊다. 언어로 다가갈 수 없는 가없는 것들을 감촉하고 어떻게든 전하려 온몸의 감각을 예민하게 세운 이미지들이 생생하다. 시공을 초월해 비약하는 상상력이 환상적인 시집이 『탕탕』이다.

『탕탕』은 또 태초로 돌아가 너와 내가 하나로 어우러지려는 사랑 시집이기도 하다. 그러기 위해 끝과 시작, 있고 없음, 가고 옴의 상반이나 구별도 없애고 있다, 그리하여 긍정과 부정 등 인간의 인식도 넘어서 '아니다, 그렇다'는 불연기연不然其然의 대긍정 문법으로 지금은 나뉘어 서럽고 슬픈 우주 삼라만상을 서로 간절한 하나로 묶고 있는 시집이다.

고교 시절부터 동인 활동을 하며 시에 입문한 석 시인은 송수권시문학상 젊은시인상을 수상하기도 했다. "생명이 있는 모든 것이 돌고 도는 생태계 순환 속에서 내가 누구이고 어떻게 살아야 하는지"에 몰두하며 인문학연구소를 운영하고 시작 활동도 해오고 있다. 그런 석 시인의 시 세계를 김준태 시인은 "존재하는 모든 것들과 모든 사람이 둘이 아닌 하나의 세계 속에서 부처님을 만나는, 즉 '화엄의 세계'를 표현하고 있다"고 평했다.

"사랑을 읊조리는 동안 오로라가 빛나고 은하수가 흐르고 꽃이 피고 눈이 내렸다. 사랑 안에 봄 여름 가을 겨울이 있고 시詩 안에 사랑이 있었다." 이번 시집 앞에 실린 '시인의 말'이다. 서로 나뉘어 둘이 아닌 하나의 온전한 세계, 일즉전 다즉일一卽全 多卽一의 화엄세계를 간절한 사랑으로 보여주겠다는 시집이『탕탕』이다.

이번 시집의 그런 특성이 잘 드러나고 있는 것 같아 맨 위에 인용해 놓은「빛의 무량한 소리를 듣다」한 대목을 보시라. 땅과 바다의 접점 해남 땅끝마을 쯤의 풍경을 그린 시로 보인다. 거기서 땅이 시작되고 바다가 끝난다. 아니 바다가 끝나고 땅이 시작되는, 시작과 끝이 합치된다. 그런 시작과 끝이 둘이 아니라 하나인 지점에 무진장의 별빛이 쏟아진다.

따뜻한 남쪽 나라이면서 바다가 펼쳐져 축축한 그곳에선 또 기름진 땅 혹은 바다가 펼쳐진다. 시인은 그곳을 '허공'이라 한다. 실제의 해남 땅끝마을이 허공이 되면서 무궁한 빛과 기름진 땅과 바다 등 우주 삼라만상을 낳고 있다. 땅과 바다의 접점 풍경이 허공으로 내면화되면서 공空과 무無의 철학도 낳고 있다. 시인은 '젖이 돈다'는 역동적 이미지로 그런 우주적 기운 혹은 항산성恒産性과 일치된 여신 같은 여성성을 감촉해내고 있다. 그래 '스스로 그러한 풍경', 자연에서 화엄세계를 봐내고 있는 것이다.

> "어느 별에서 온 것일까 좀좀한 우수 틈 비집고 빛으로 부르는 소리 창을 닫아도 스며들어 마음 빗장을 열고 들어오는 신비로운 기운 더 이상 견디지 못해//(중략)//온몸에 봄물이 차오른다//부드럽게 빛나는 신성에로의 창 연두를 봉쇄한 수도원 뜰에도 연두 기둥을 밀어올린 수선화 한 송이"(「연두의 변」부분)

봉쇄수도원 뜰 수선화의 연둣빛 줄기를 보며 쓴 시다. 만물을 낳는 여신의 지경에 어떻게 드는지를 잘 보여주고 있다. '마음 빗장을 열고' 연둣빛을 있는 그대로 보는 것이다. '온몸에 봄물이 차오른다'며 생각이 아니라 온몸의 감각으로 받아들이며 동화되라는 것이다. 그런 감각의 역동적인 상상력과 이미지로 가닿을 수 없는 언어도단言語道斷의 지경을 독자 나름으로 생각하게 하는 시집이 『탕탕』이다.

> "고대의 미로/어쩌다 여기로 우리는 이르러/고이게 되었을까//회벽에 그려진 기원이 벗겨져 있다/풍경의 형체는 뭉그러지거나/지워져 버리고/색바랜 푸른 옷 한 자락/오른쪽 눈 하나/입이 지워지고 없는 신이/손바닥을 세우고 있다//(중략)//입구를 향해 사라지기 위해 피는 말라가고 시계 소리는 천둥 같다 생명의 즙이 급속도로 빠져나갈 때도 지나칠 수 없는 것 열매를 매단 흐릿한 나무는 묵시록을 쓰던 붓처럼 단단한 침묵으로 서 있고 오래된 성은 아직 무너지지 않았다 여자는 나무의 즙을 마시고 혈관 올올이 성전이 된다"
>
> (「지나칠 수 없는」 부분)

자유시와 산문시가 혼재된 형태의 꽤 긴 시 한 대목이다. 문맥과 시행 사이사이 상상력의 비약이 심해 뜻을 따라잡기 녹록하지 않은 시. 그래 요즘 대세를 이뤄가는 미래 전망도 없고 기성의 것들과도 차단돼 소통되기 힘든, 그래서 생산성 없는 젊은 시편 같기도 하다.

그러나 석 시인은 신은 가버리고 온다는 신은 아직 도래하지 않은 이 2중의 결핍 시대 스스로 신이 되려 한다. 우주의 기운, 생명의 즙을 온몸으로 빨아들이며 '올올이 성전이 된다'고 하지 않은가. 시인뿐 아니라 삼라만상이 오고 감도 없이 지금 눈앞에서 생명으로 어우러지는 화엄세계의 현전現前

을 봐내려 하고 있다. 고대 신전의 색바랜 푸른 옷자락을 휘날리는 벽화 등에서 볼 수 있듯 생생한 감각적 묘사로 시공을 초월한 우주, 신의 기운을 지금 우리 일상에 불어넣고 있다.

너와 내가 하나로 어우러지는 화엄 세계를 향한 사랑시

> "하얀 깃털 눈부신 날개는/바다에 하얀 꽃도장을 찍으며 날아와/구름과 별빛의 언어를/침묵으로 읊조리지요//백옥의 덧문이 열립니다/비단 자수 이불 깔린 대지의 아랫목에/알 길 없는 깊이를 품은 옥양목 여인이 있습니다/흰동백꽃의 깊이라는 게 있다지요/별에서부터 뿌리를 지나 지구의 핵까지"(「하얀, 흰 동백」 부분)

땅끝마을에서 바다로 지는 하얀 동백꽃을 보며 쓴 시 같다. '하얀 깃털 눈부신 날개', '바다에 하얀 꽃도장을 찍으며' 등에서 보이는 생생하면서도 역동적인 이미지가 그걸 말하고 있다.

그런 선명한 이미지는 또 천사 혹은 관음보살, 해인海印이라는 이미지를 창출해내고 있다. '눈부신 날개'하면 천사, '바다'하면 바다를 향해 서 있는 해수관음보살이 자연스레 떠오르지 않는가. 천사와 관음보살에서는 '알 길 없는 깊이를 품은 옥양목 여인'이라는 여신성도 떠오르고.

그러면서 '알 길 없는 깊이'를 내장하게 한 시다. '별에서부터 뿌리를 지나 지구의 핵까지' 우주에 편재해 있고 우리네 속 깊은 삶을 운행하는 기운, 순리로서의 도道를 해인으로 바라보며 살갑게 묘사하고 있다. 바다와 강물 위에 찍힌 별빛이며 달빛 같은 물결의 윤슬, 침묵의 언어로 읊조리고 있다.

"빽빽한 볕 아래서/오고 떠나는 기차 소리를 들으며 졸고 있네/나비 수만 마리가 햇살 아래 눈부시게 하늘거리고/무언가 기다리는 나는 향기에 취해 웅크리고 있지//꽃이 폈더라 고목 아래서 참 붉게도 폈더라/당신 생각이 나더라 눈물이 나더라/당신이 누군지 한참 생각해보았지/다른 차원에서 온 듯 미소만 짓던 당신/우주정거장을 거치지도 않고 지구에 와서는/낯선 이 거리를 참 잘도 견디다 갔어 그치?/마치 익숙한 곳처럼 먼지가 날려도 사뿐거렸지//볕이 가득 내리쬐는 역에 가면/당신이라는 빽빽한 햇볕이 있지/향기가 되고 나비가 되고 내가 되어 함께 있지"(「밀양역密陽驛에서」전문)

햇볕이 빽빽하게 내리쬔다는 '밀양'이라는 시인의 고향 이름에서 나온 시다. 시인 화자는 물론 누구든 한번은 했을 사랑을 참 아름답게 조밀조밀 고백하고 있는 시다. 사랑하는 이에게 세상이 처음 열린 듯 이렇게 낱낱을 보고하는 시. 그래 밀양 역전에 걸어놓으면 행인들의 눈길과 사랑의 마음 붙잡기에 딱 좋을 시다.

'오고 떠나는 기차 소리를 들으며 졸'면서 저 외계에서 온 햇볕 같은 당신과 한 몸이 돼가는 있는 환상인데도 현실감이 있다. 지금 역전 햇볕 아래 졸며 햇볕과 나비와 향기와 당신과 하나 돼가고 있는데도 말이다.

왜? 누구든 경험해봐서 온몸으로 알듯이 사랑은 그런 것이니까. 그런 사랑시로써 한순간 영원으로서 함께 어우러지는 화엄 세계의 실감을 전하는 좋은 시편들도 많이 눈에 띈다.

"방 안으로 물이 차올라/침대가 잠기고 책이 떠다녀/휘어지는 나무/세찬 물화살/정원 화초는 이미 수초가 되었지/엄청난 비가 내렸어 자꾸/필사적으로 고독하지 않으려는 몸짓이/은빛 머리카락처럼 흘러갔어/구름이 없는 구름/길 없는 길로/너를 만난 날은/세찬 폭우가 있고/나는 사라지고/천둥소리가 있고/내 모든 것을 다 가진/네가 있을 뿐//빗소리가 천장을 뚫고 들어와/대들보가 무너져/네가 아닌 풍경은 없어/캄캄한 사랑 거칠고 두려운 애무//장미 빛깔과 향기와 탐스러운 꽃술/나비 떼가 날아오를 때 달콤하지/향긋해져서 껴안다가/가시에 찔려 붉은 심장이/붉은 장미 꽃잎이 후두둑 떨어져/여기에는 없는 장미/거기에도 없는 향기/아무 상관 없는 아름다운 이야기/질식할 것 같은 향기/번개가 번쩍/천둥이 콰\쾅//폭우가 천지를 삼켰어/폭우의 절정에"(「폭우」전문)

　　다급하게 폭우가 쏟아지듯 행을 짧게 짧게 나눠 속도감 있게 읽히며 절정에 닿고 있는 시다. 억수로 비가 내려 정원 뜰도 잠기고 침대도 잠기고 집도 잠기고 화자도 잠기는 풍경을 속도감 있게 묘사하면서도 뭔가를 떠오르게 하는 시다.
　　폭우와 번개와 천둥이 '천지를 삼켰어'에서 천지간 분간 없이 화들짝한 교합으로 읽을 수 있다. 아니 절정을 향하는 사랑의 운우지정雲雨之情으로 읽어도 좋을 섹시한 시다. '아무 상관 없는 아름다운 이야기', '질식할 것 같은 향기'가 그런 절정의 지경을 드러내 주고 있지 않은가.
　　너와 나의 완전한 교합으로 무아지경에 이르는 섹스의 절정. 그래 티베트 불교 사원에 가면 밀교의 그 낯 뜨거운 남녀

교합상들도 많지 않던가. 너와 나, 나와 우주 삼라만상의 온전한 만남, 그런 만남의 무아지경 열반 혹은 법열法悅을 생생히 보여주기 위해 시인은 이렇게 사랑시 형태를 취하고 있는 것 같다. 만해 한용운 시인이 고해苦海에 빠져 허우적거리는 중생들의 무명無明을 쉽게 깨우치기 위해 시집『님의 침묵』 전편의 시에서 사랑시 형태를 취해 오늘도 널리 읽히고 있듯이.

> "그 지 없 다//거대하고 적막한 바위산 나무 한 그루 없고 풀씨 하나 날아오지 않는 바위뿐인 산 텅텅 빈 동굴 여섯 개 입구마다 눈뜨기를 두려워하는 네가 있다//(중략)//눈이 큰 여자가 일어난다 머리카락에 묻은 흙으로 성전 하나 짓고 손가락 사이로 강물을 흘려보낸다 모유를 바위산에 물리자 어둠 속에서 빛이 터진다 빛의 심장에서 찬란이라는 꽃이 핀다//빛의 벙커 안에 수많은 양식의 집이 세워진다 지상에 존재하지 않는 집 불타버린 집과 파괴된 집 녹아버린 집과 쇠락해서 무너진 집이 일어나 앉는다//사랑한다 사랑한다/밤새워 읊조리며/기도하던 동굴 속 밤/한 번도 손잡아본 적 없는/세계의 눈 못 뜨는 당신에게//고통의 순간 속에 빛의 순간이 있음을/고통이 빛이었음을"(「고통의 벙커」 부분)

시작부터 '그 지 없 다'고 한 행을 한 연으로 독립시켜 놓았다. 거기에 더해 한 글자 한 글자를 떼어놓아 '이루 다 말할 수 없다'는 뜻을 강화시키고 있다. 그래서인가. 세상의 본질이며 한량없는 삶의 본질을 찾고, 전하고 있는 것 같은데 비약이 심해 쉽게 잡히지 않는 시다.

그럼에도 불모의 '바위산'이 태초의 카오스, 혼돈의 이미지를 떠올리게 한다. 그런 바위산에 모유를 물리고 있는 여자에게서는 이 세상 우주를 낳은 태초의 여신과 함께 빅뱅 이미지를 떠올리게 한다. 그리고 집을 세우고 무너트리기도 하는 '빛의 벙커'는 기존의 세계, 기성의 알음알이가 얼마나 덧없는가를 생각하게 한다.

위 시 다른 대목에선 모든 것이 '재를 남기고 사라진다'는 세계 속에서 '시한부 마지막 밤인 듯' 사는 고통도 토로하고 있다. 그래 제목도 '고통의 벙커'로 잡고 우리네 삶과 세계를 고해로 보는 비극적 세계관이 이 시는 물론 이번 시집 바탕에 짙게 깔려있다.

그런 고통, 고해의 이 세계를 구하는 행위가 이 시에서는 고통스러운 세상에 젖을 물리고 있는 여성의 신성한 사랑으로 드러나고 있다. '사랑한다 사랑한다'고 기도하는 온전한 사랑으로 '고통이 빛'임을 깨우치고 있는 시집이 『탕탕』이기도 하다.

삶과 세계의 실상을 여실히 보여주려는 서정의 깊이

"지혈이 잘 안 되는/혀에서 피를 받아/혼魂이 썼다는 화엄경을/박물관에서 본 가을//활활 타오르는 조계산 자락을/먹먹한 마음으로 뚜벅뚜벅/대웅보전으로 오르는 길에//나는 보았네/이끼 긴 오래된 석축에/피로 새긴/꽃무릇 경전//누군가는 화두를 새기고/누군가는 불화를 피우고//익은 햇살 아래 타오르는/핏빛 화엄"(「혈사경」 전문)

자신의 피를 찍어 화엄경 등의 문구를 그대로 베껴 쓴 것이 혈사경血寫經이다. 혈사경에는 그만큼 쓴 사람의 고통과 혼이 배 있을 수밖에 없다. 그런 혈사경을 본 시인의 눈과 마음에 붉게 막 피어오르는 꽃무릇도 혈사경으로 보인다.

꽃무릇은 꽃이 피었다 다 지고 나면 잎이 나온다. 그래 한 포기이면서도 꽃과 잎이 만나지 못하고 서로 그리워한다고 해서 상사화相思花라고도 부른다. 원래 한 몸, 한 혈육이었는데도 떨어져 서로 만나지 못하는 그리움의 애달픔, 그 고통이 삼라만상 두두물물에 화두話頭를 피로 새기고, 불화佛畵를 피로 그리게 했는가.

그래서 익은 햇살 아래 타오르는 가을을 '핏빛 화엄'이라 했는가. 온 세계에 어찌해 볼 수 없는 비극적 세계관이 배어 있는 시다. 석 시인은 그런 고통의 절정에서 피로 쓴 혈사경 같은 시를 쓰고 있다. 고통에서 자신도 해방되고 남도 해탈시켜주려는 대자대비한 사랑을 바탕에 깔고 시를 쓰고 있다.

> "소리 내어 울 수 있다니/그렇게 목 놓아/울어 버릴 수 있다니/오동잎이 요동치고/화살 빗방울에/호수 전체가 뒤흔들리고//번개 쳐서 하늘을 쩍 갈라놓더니/천둥 거인 발걸음으로/땅을 흔들어 버리더니//굵은 눈물을 한꺼번에 쏟아내/둑길과 벌판/언덕배기 소나무도/온몸이 다 젖어 우는//우주의 커다란 울음/하늘과 나무와 대지도 젖어/큰 소리로 마음껏/목 놓아 울다니"(「소낙비」 부분)

소낙비를 '우주의 커다란 울음'으로 보고 있는 시다. 보고 듣고 느낀 대로 쓴 솔직하고 담백한 시, 그래 마치 천진한 어린애가 쓴 시 같으면서도 스케일과 깊이가 가없이 넓고 깊은 시다.

목 놓아 우는 소낙비에 오동잎, 호수, 번개, 천둥, 땅, 소나무 등 삼라만상이 '온몸이 다 젖어' 울고 있다. 비극적 세계관이 가히 우주적이다. 물론 시인 화자도 그렇게 목놓아 울고 싶을 것이다. 그러나 따라서 울어버리지 않고 어떻게든 대자대비한 사랑으로 그런 비극을 구제하려는 의지가 행간에 읽힌다.

"그녀가 찾아간 곳은/어떤 장소가 아니었다/아무것도 없는 언덕이리라 했으나/모든 것이 그곳에 있었다/이미 사라진 하늘이라든가/이미 스쳐 지나간 바람이라든가/모두 그곳에서 적막처럼 있었다/예전에 한 번쯤/미친 듯이 울었을 그림자/예전에 한 번쯤/모래로 다 부서져 봤던 바위/은하의 끝은/절벽도 바다도 아니었다/끝없는 눈길을/걷고 걸어온 탁발승/달빛 가득한 밤/우주목宇宙木으로 산정에 서서/향긋한 달빛꽃을 피우고 있다"(「탁발승 고목」 전문)

산꼭대기에서 홀로 창공을 향해 높이 서 있는 고목을 빕빌어먹으며 득도하려는 탁발승으로 보고 있다. 아니 이 시 속에서 '그녀'도 '탁발승'도 '고목'도 다 한 몸이다. 사라진 하늘, 스쳐 지나간 바람, 모래로 다 부서진 바위, 미친 듯이 울었을 그림자며 그 누구, 그 무엇도 다 한 몸이다.

시를 쓰고 있는 시인도 그 우주 삼라만상과 한 몸이다. 매 순간순간의 고통과 고행으로 깨친 세계는 이렇게 다 한 몸인 것이다. 적막 속에 모든 것이 한 몸으로 차별 없이 향긋한 달빛꽃을 피우고 있는 화엄 세계에 이르고 보여주려 시인은 시를 쓰고 있다.

> "우주에 떠 있는 미아/말할 수 없는 막막함/본지풍광 자리
> 를 찾으며/혼자 산속을 거닙니다"(「시간의 꽃나무」 부분)

이번 시집을 쓴 시인의 마음과 자세가 솔직히 드러난 대
목이다. '우주에 떠 있는 미아/말할 수 없는 막막함'이 자아
에 갇혀 있는 우리 대부분의 고독하고 괴로운 심사일 것이
다. '온 세상 통통 털어 나 뿐'이라는 그런 아집我執에서 벗어
나 삼라만상과 한 몸으로 돌아가 소통하며 '본지풍광 자리'
를 찾아가는 게 이번 시집이다.

아집을 버리고 나 자신과 스스로 그렇게 존재하는 자연 삼
라만상 있는 그대로의 본디 자리가 본지풍광이다. 인간의
이러저러한 주관에 의해 구성된 관념적 세계가 아니라 스스
로 그렇게 존재하는 자연의 즉물적 세계다. 그래 본지풍광
은 고독이나 고뇌 등 인간의 주관이 끼어들 수 없는 적멸, 열
반의 세계임을 불교는 물론 실존주의 철학의 궁극인 '현전'
이란 용어가 증명해주고 있다.

이미 스스로 훤하게 우리의 눈앞에 현전해 있는 그 본지풍
광. 말로서는 형용할 수 없는 그런 풍광을 어떻게든 생생한
상상력과 이미지로, 시공을 초월하여 너와 나를 하나로 묶
는 사랑으로 보여주려 한 시집이『탕탕』이다.

너와 나는 하나라는 '동일성의 시학'과 과거와 현재와 미
래를 한순간에 묶는 '순간성의 시학'이 동서고금 시의 강심
수로 흐르는 서정의 양대 시학. 이런 서정시학은 불교나 실
존주의 세계관, 특히 한순간 문득 깨치는 선禪의 핵심인 돈

오각성頓悟覺醒이나 본지풍광과 연결되어 있음을 잘 보여준 깊이 있는 시집이 『탕탕』이다. 그런 깊이와 스케일 큰 상상력과 예민한 이미지로 온몸으로 감응하는 본지풍광을 생생히, 여실하게 보여주며 큰 시인의 길 열어가시길 빈다.

석연경

경남 밀양 출생.

청소년 시기에 시 동인 활동 시작. 2013년『시와 문화』(시), 2015년『시와 세계』(평론)로 등단.

시집『독수리의 날들』,『섬광, 쉐빙선』,『푸른 벽을 세우다』. 사찰시사진집『둥근 거울』. 정원시선집『우주의 정원』. 힐링잠언시사진집『숲길』. 시평론집『생태시학의 변주』.

송수권시문학상 젊은시인상 수상.

현 연경인문문화예술연구소 소장.

E-mail: wuju0219@naver.com

서정시학 시인선 213

탕탕

2023년 12월 15일 초판 1쇄 발행

지 은 이 · 석연경
펴 낸 이 · 최단아
편집교정 · 정우진
펴 낸 곳 · 도서출판 서정시학
인 쇄 소 · ㈜ 상지사
후 원 · 전라남도 문화재단
주 소 · 서울시 서초구 서초중앙로 18, 504호 (서초쌍용플래티넘)
전 화 · 02-928-7016
팩 스 · 02-922-7017
이 메 일 · lyricpoetics@gmail.com
출판등록 · 209-91-66271

ISBN   979-11-92580-25-8 03810

계좌번호: 국민 070101-04-072847 최단아(서정시학)
값 13,000원

* 이 책은 전라남도, (재)전라남도문화재단의 후원을 일부 받아 발간되었습니다.
* 잘못된 책은 바꾸어 드립니다.

서정시학 시인선